LA AMENAZA DE METALLO

ESCRITO POR
ERIC STEVENS

ILUSTRADO POR
SHAWN MCMANUS
Y LEE LOUGHRIDGE

SUPERMAN CREADO POR
JERRY SIEGEL
Y JOE SHUSTER

LABERINTO

Copyright © 2013 DC Comics.
SUPERMAN and all related characters
and elements are trademarks of and © DC Comics.
(s13)

EDLA 32352

Título original: *The Menace of Metallo*
Texto original: Eric Stevens
Ilustraciones: Shawn McManus y Lee Loughridge
Adaptado del capítulo original: Stan Berkowitz
Traducción: Sara Cano Fernández
Publicado bajo licencia por Ediciones del Laberinto, S. L., 2013
ISBN: 978-84-8483-724-4
Depósito Legal: M-28766-2013
Printed in Spain
EDICIONES DEL LABERINTO, S. L.
www.edicioneslaberinto.es

...CE

CAPÍTULO 1

¿ENVENENADO?

Alejada de la costa de Metrópolis y aislada en una isla en el río, se ubicaba la prisión Stryker. Muchos dicen que nadie había escapado nunca de la isla. Solo los prisioneros más peligrosos eran enviados a Stryker. Uno de aquellos prisioneros era John Corben.

Al fondo de la unidad de alta seguridad, solo en su celda, Corben estaba tumbado en el estrecho camastro de la prisión. Como de costumbre, estaba pensando en Superman.

«Superman me metió aquí», pensaba. *«Pero algún día obtendré mi venganza. Algún día».*

En ese preciso instante, Corben escuchó que alguien golpeaba la puerta de acero de su celda.

—¿Y ahora qué queréis? —preguntó con un gruñido.

—Le traigo el almuerzo, señor Corben —replicó una voz temblorosa. Era Ralph, uno de los nuevos celadores de la prisión.

—Entra, Ralph —dijo Corben.

La pesada puerta chirrió al abrirse. Ralph empujó el carrito que contenía el almuerzo de Corben. Parecía más la comida de un hotel de lujo que el almuerzo de una prisión.

—Ah —dijo Corben cuando vio el banquete—. Pollo *à la king*. ¡Mi plato preferido!

—Eh… señor Corben, disculpe —preguntó Ralph con nerviosismo—. ¿Cómo consigue que le traigan estos almuerzos a este sitio? El resto de prisioneros va a comer el pastel de carne que prepararon hace una semana. Al menos, eso es lo que parece…

Corben probó un bocado de la carne tierna y jugosa y sonrió:

—Solo hay que tener unos cuantos buenos amigos —dijo—, y mantener siempre la boca cerrada.

Corben extrajo un grasiento fajo de billetes de debajo del colchón de su cama. Sacó de él un billete de veinte dólares y lo introdujo en el bolsillo de la chaqueta del celador.

—Sí, señor —replicó Ralph. Le sirvió a Corben una taza de café y se dirigió de vuelta a la puerta—. Si necesita algo, hágamelo saber…

De repente, Corben empezó a toser y a asfixiarse. Se arañó el cuello y se llevó las manos al pecho.

Intentó levantarse pero se cayó, derribando el carrito del almuerzo. La comida quedó desparramada por el suelo.

—¡Señor Corben! —gritó Ralph. El celador se apresuró a llamar a un médico por radio.

Unas cuantas horas después, Corben se despertó con una repentina bocanada de aire. Estaba tumbado en una cama, rodeado de paredes de un blanco impoluto. Sabía que aquello era el hospital de la cárcel, pero no sabía cómo había llegado allí.

—Señor Corben, soy el doctor Vale. Me alegra ver que ha recuperado la consciencia —dijo el médico al tiempo que entraba en la habitación—. Los medicamentos deben de estar haciendo efecto.

—¿Qué me pasa? ¿Por qué estoy aquí?

—Tiene una enfermedad muy poco común —replicó el médico—. Me temo que es mortal.

Corben se incorporó en la cama, confuso.

—¿Qué tipo de enfermedad? —preguntó—. ¡Pero si me cuido muchísimo! ¡Hago ejercicio regularmente y como sano!

—Es un virus, señor Corben —respondió el médico—. Su estilo de vida no tiene nada que ver con esto.

—Entonces, ¿voy a morir? —preguntó Corben—. ¿No puede hacer nada por mí?

—Bueno… —empezó a decir el médico. Miró el cuadro con las constantes vitales del preso y esbozó una leve sonrisa—. Existe un tratamiento experimental…

—¿Experimental? —dijo Corben, esperanzado.

—Solo lo proporciona un buen amigo que ambos conocemos —dijo el médico. Miró por encima del hombro a la enfermera que había en la puerta. Luego se inclinó hacia Corben y susurró—: Lex Luthor.

Corben casi se puso en pie del sobresalto.

—¿Conoce a mi amigo? —tartamudeó.

—Ssshhh —dijo el médico al tiempo que apoyaba la mano en el hombro de Corben—. No malgaste sus fuerzas. Las necesitará.

CAPÍTULO 2

FUGA EN STRYKER

Unos cuantos días más tarde, en la ciudad de Metrópolis, Clark Kent, reportero del periódico *Daily Planet* disfrutaba de su día libre. Era una tarde tranquila, y el sol brillaba en lo alto del cielo. Era el día perfecto para un paseo en bicicleta. Clark decidió salir de la ciudad por un sendero cercano al río West.

—Ah… —suspiró, mientras pedaleaba junto a la tranquila orilla—. Supongo que es cierto eso que dicen de que no tener noticias son buenas noticias.

Clark prosiguió su paseo. A través de los árboles, entrevió una imagen de la prisión Stryker.

—Quizá finalmente los haya capturado a todos —se dijo Clark para sí. Pero, mientras decía aquello, supo que no podía ser verdad. Aunque la actividad criminal en la ciudad había disminuido, algún día volvería. Y, cuando lo hiciera, Clark tendría que detenerla. Lo haría como Superman, el superhéroe más poderoso del mundo.

ZZZUUUMMM ZZZUUUMMM

De repente, la tranquilidad de la tarde se vio interrumpida. Clark miró hacia el lugar de donde provenía aquel ruido ensordecedor. Dos misiles surcaban el cielo en dirección a la isla Stryker. Iban dejando a su paso dos sucias estelas.

¡BA-BOOM! Los misiles explotaron en un costado de la prisión. Una columna de humo se elevó hacia el cielo. Cuando el humo se disipó, Clark vio que en los gruesos muros de la prisión se había formado un agujero.

En la isla Stryker, los criminales corrían en todas direcciones. Los celadores de la prisión lanzaban disparos al aire. Intentaban desesperadamente detener la marabunta de criminales, pero había demasiados.

—¡Salgamos de esta isla! —gritó uno de los prisioneros al tiempo que corría hacia el agujero en la verja de seguridad.

Inmediatamente, todos los prisioneros de Stryker tuvieron la misma idea. En cuestión de minutos, el río West estuvo lleno de convictos que nadaban en pos de su libertad. O, al menos, eso pensaban ellos.

Clark ya se había despojado de su ropa y se había puesto el traje de Superman. Se propulsó por los aires, voló por la corriente del río y agarró una gran red de

un bote de pesca que había por allí. El Hombre de Acero pescó a la mayoría de los villanos del agua como si fueran sardinas.

Superman vació la red, llena de presos, en el interior de la cárcel.

—¡Me parece que esto es vuestro! —dijo Superman a los guardias.

Superman aterrizó y se quedó mirando el muro en la verja de seguridad. Había que taparlo, y había que hacerlo rápido. Sin pensárselo dos veces, el superhéroe se propulsó hacia el cielo. Luego, como un águila en busca de presa, el Hombre de Acero se tiró de cabeza al río.

¡ZUUUM! Segundos después, Superman salió del río en un géiser de agua. Por encima de la cabeza cargaba una roca enorme, más grande y pesada que un camión de basura.

Con un fuerte gruñido, Superman elevó la roca por los aires y aterrizó con un golpe. La roca bloqueó el hueco en la pared, reforzando al mismo tiempo la seguridad de la cárcel.

Desgraciadamente, al menos un criminal había conseguido escapar.

En la orilla más cercana a la prisión, John Corben salió de las aguas del río. Miró al cielo e inspiró hondo.

—Ah, por fin libre —exclamó el peligroso criminal—. Pensaba que nunca volvería a respirar aire fresco.

En ese preciso instante, una furgoneta se aproximó a toda prisa a la orilla. Se detuvo en la arena, justo enfrente de Corben. La ventanilla del conductor bajó a toda prisa. Tras los cristales tintados apareció el rostro del doctor Vale, que no parecía muy feliz.

—¡Entra! —gritó el médico—. ¡Tenemos que irnos!

El doctor Vale sabía que la policía estaría investigando si algún preso había conseguido escapar. De hecho, ya escuchaba el ruido de los helicópteros de rastreo.

Corben se metió a toda prisa en la furgoneta. Él también estaba buscando algo.

Algo que curara la enfermedad mortal que lo aquejaba.

CAPÍTULO 3

EL NACIMIENTO DE METALLO

—Nadie ha sido tan leal conmigo como tú, John —dijo Lex Luthor.

Luthor y un científico estaban de pie junto a Corben, que estaba tendido en una camilla de hospital en el interior de uno de los laboratorios secretos del cerebro del crimen.

—Y, por eso —continuó Luthor—, pretendo recompensarte.

El científico de Luthor se acercó y le puso a Corben una inyección.

—Esto te hará dormir durante la operación —dijo el científico.

—La verdad, esto no parece una recompensa —replicó Corben.

—No te preocupes, John —añadió Luthor—. Dentro de poco no sentirás nada.

Cuando Corben empezó a notar pesadez en los ojos, el científico salió de la habitación. No tardó en volver, empujando un enorme carrito metálico. Sobre el carrito había un exoesqueleto mecánico.

—¿Qué es eso? —chilló Corben.

—Tu nuevo soporte vital —replicó Luthor.

—¡Un esqueleto de metal! —exclamó Corben.

—No te preocupes —lo tranquilizó Luthor—. Tendrás el mismo aspecto que tienes ahora.

Corben miró a su amigo con sospecha.

—Pero, por dentro, seré de metal —dijo.

—¡Serás de algo mucho mejor que el metal! —replicó Luthor—. Es un esqueleto de metallo, un material prácticamente indestructible.

El científico empujó el carrito para acercarlo a la cama de Corben, que vio una luz verde en el interior del esqueleto por el rabillo del ojo.

—¿Eso es kryptonita? —preguntó. Las drogas que le habían suministrado le estaban dando sueño. Ni siquiera podía mover la cabeza para mirar bien qué era.

Luthor asintió.

—Sí —replicó—. Será la fuente de tu poder. Es inofensiva para los humanos, por supuesto, pero es la

única sustancia capaz de matar a Superman —Luthor bajó la mirada hasta Corben—. Eso es lo que quieres, ¿verdad? —preguntó—. Al fin y al cabo, Superman es quien te metió en la cárcel.

Corben suspiró.

—¿Acaso tengo algo que perder? —dijo y, acto seguido, cerró los ojos.

—Efectivamente —replicó Luthor.

Pero Corben ya estaba dormido. La operación estaba a punto de comenzar.

• • •

Mientras tanto, en la otra punta de Metrópolis, en las oficinas centrales del *Daily Planet,* Lois Lane y Clark Kent estaban viendo el informativo vespertino. La noticia de cabecera era la fuga de la prisión de la isla Stryke.

—Afortunadamente, Superman estaba cerca —dijo el presentador de las noticias—. Todos los prisioneros estaban de vuelta en sus celdas en cuestión de minutos —la pantalla pasó de una imagen de la prisión a una fotografía de John Corben—. Solo un prisionero ha escapado —añadió el presentador—: John Corben.

La televisión mostró en ese momento imágenes de Corben vestido con un traje mecánico de alta tecnología y luchando contra Superman.

—Hace unos meses —prosiguió el presentador—, John Corben robó el Lexotraje. Esta poderosa armadura había sido creada por LexCorp, la fábrica de armamento propiedad de Lex Luthor.

»Tras una intensa batalla, Superman capturó a Corben y lo envió a la isla Stryker —dijo el presentador—. La policía está buscando una posible relación entre el ataque con misiles a la prisión y la fuga de John Corben.

Lois apagó la televisión.

—Me gustaría saber quién tiene acceso a misiles aire-tierra —dijo.

Clark se encogió de hombros.

—Hoy por hoy, cualquiera —respondió.

—Aunque Corben se haya escapado, no estará libre mucho tiempo —dijo Lois al tiempo que hojeaba un informe médico.

—¿Eso es el historial médico de Corben? —dijo Clark—. ¿Cómo lo has conseguido?

—Tengo un amigo en la cárcel —contestó Lois—. Lo importante es que Corben está infectado con el retrovirus Erosco.

—¿Esa extraña enfermedad sudamericana? —preguntó Clark—. ¡Es mortal en el cien por cien de los casos!

—Así es —replicó Lois—. Parece que Corben tiene los días contados.

—¿Cómo crees que habrá podido contraer una enfermedad tan extraña? —preguntó Clark—. Solo afecta a los habitantes de una isla diminuta en las costas brasileñas...

Lois se encogió de hombros.

—¿Un tipo como Corben? —replicó—. Se ha fugado tantas veces que no me sorprendería que hubiera estado en esa isla.

• • •

De vuelta en el laboratorio secreto de Luthor, la operación de Corben había concluido. El criminal estaba de pie junto a la camilla. Estiró y flexionó sus nuevas extremidades.

—Bueno, ¿cómo te sientes? —preguntó Luthor.

—Fenomenal —respondió—. ¡No me sentía tan bien desde hacía semanas!

—Comprobemos eso —dijo Luthor—. Por aquí.

El multimillonario guio a su nuevo y mejorado amigo hacia una gran máquina.

El científico estaba tras el artilugio.

—Este ordenador medirá tus fuerzas —informó—. Golpea aquí, por favor —el científico señaló una almohadilla en el artilugio.

Corben tomó impulso y embistió con el puño contra la almohadilla. El científico comprobó el ordenador.

—Impresionante —declaró.

—Mmm —dijo Corben con una sonrisilla—. Y ni siquiera estaba haciendo fuerza. Mirad esto.

Corben tomó impulso de nuevo con su brazo. Aquella vez, golpeó la almohadilla con todas sus fuerzas. ¡SMASH! El artilugio cayó al suelo en una maraña de cristal y piezas metálicas.

—¿Satisfecho, Lex? —dijo Corben.

—Todavía no —replicó Luthor, señalando a la otra punta del laboratorio—. Por favor, siéntate ahí.

Corben obedeció y se colocó sobre un punto rojo en el extremo opuesto del laboratorio. De repente, en una pared se abrió una trampilla y de ella surgió un misil que se dirigía derecho hacia Corben.

—Eh, ¡espera un minuto! —gritó este, pero ya era demasiado tarde.

¡BA-BOOM! El misil impactó contra su pecho y explotó en una gigantesca bola de fuego.

Un momento después, el humo se disipó. Corben estaba entre los añicos del misil destrozado.

—Increíble —dijo, examinándose—. Ni un rasguño.

—Incluso tu piel está ahora compuesta de metallo —dijo Luthor—. Nada puede hacerte daño.

—Pero... no siento nada —replicó Corben—. Es como si estuviera controlando mi cuerpo desde fuera... ¡como si fuera una especie de juguete teledirigido!

—Bueno, es que todavía hay que hacer algunos ajustes, pero eso es todo —dijo Luthor—. Aunque, antes, tienes trabajo que hacer.

—¿Superman? —preguntó Corben.

—Sí —respondió Luthor. El multimillonario miró su reloj de oro—. Tengo que ir a una comida. Espero tener noticias de que Superman ha sido destruido para cuando nos sirvan el postre.

• • •

En cuestión de minutos, Corben estaba libre en las calles de Metrópolis. Se dirigió a paso veloz a la ajetreada estación de tren mientras planeaba cómo atacar a Superman.

—¡Rosas! —gritó una mujer desde su carrito de venta ambulante—. Señor, ¿le gustaría comprar una rosa?

—No, gracias —replicó Corben.

—Una rosa —insistió la mujer— para esa chica tan especial. Huelen de maravilla —la mujer sostuvo una rosa bajo la nariz de Corben.

El criminal la olfateó.

—¡No huelo nada! —chilló. Corben apartó a la mujer de un empujón y esta cayó al suelo.

Furioso, caminó al centro de las vías. Cientos de ciudadanos de Metrópolis se agolpaban en los andenes de la estación, esperando el próximo tren. Corben se abrió paso a empujones entre la multitud y saltó a las vías.

La gente empezó a gritar.

—¡Mirad a ese loco! —gritó un hombre.

—¡Salga de las vías! —chilló una mujer.

Corben se limitó a sonreír mientras un tren se acercaba a toda velocidad. El maquinista intentó detenerlo a tiempo, pero fue incapaz.

Adoptando la posición de un guardalínea, Corben se agachó y usó su hombro para frenar un tren de cincuenta toneladas.

¡SSSMMMAAASSSHHH!

El tren se deformó cuando impactó contra él, como una endeble lata de refresco.

Corben rio y levantó uno de los vagones por encima de su cabeza. A través de una carcajada, gritó:

—¡Esta es la última parada de este tren!

Pero un ataque como aquel nunca pasaba desapercibido para el Hombre de Acero. En cuestión de minutos, Superman bajó en picado del cielo. Rápido como una bala, se estrelló contra Corben. Al mismo tiempo, Superman agarró el vagón y lo depositó sano y salvo en el suelo.

—Te estaba esperando, Superman —dijo Corben, aún riendo.

—¡Vas a volver a la cárcel! —dijo Superman.

El Hombre de Acero agarró a Corben y trató de aprisionarlo, pero este se defendió.

—Ahora soy tan fuerte como tú —dijo—. ¡No puedes detenerme! ¿Estás celoso?

—La verdad es que no —dijo Superman, forcejeando con él para derribarlo—. ¿Te sigue pareciendo gracioso, Corben? —preguntó Superman.

Corben rio.

—Sí —contestó—. Porque no sabes cuál es mi arma secreta.

De repente, en el pecho de Corben se abrió una pequeña trampilla y de ella surgió una luz. En el interior de aquel compartimento albergaba un trozo de kryptonita, la única sustancia capaz de detener al Hombre de Acero.

CAPÍTULO 4

CORAZÓN LETAL

—¡Ja! —dijo Corben—. ¿Todo bien? Te has puesto un poco verde, Superman.

Corben tomó impulso y propinó un puñetazo a Superman que lo envió volando de espaldas a la autopista más cercana. Corben saltó para alcanzarlo y aterrizó con un gran estruendo.

—¿Estás celoso, verdad? —insistió Corben—. Ahora yo soy el verdadero Hombre de Acero.

Corben agarró un trozo de cemento. Lo elevó por encima de su cabeza, preparado para asestar el golpe de gracia a su enemigo.

—Tú me metiste en la cárcel, Superman —dijo—. Ha llegado el momento que saldes tus deudas.

En ese preciso instante, un coche frenó con un derrape, interponiéndose entre ambos. Lois Lane abrió la puerta y se estiró para alcanzar a Superman desde el asiento del conductor.

—¡Entra! —gritó.

Superman estaba demasiado débil para moverse. Gruñó mientras trataba de incorporarse.

Corben agarró a Lois y la sacó del coche.

—Superman no va a ninguna parte, señorita Lane —gruñó.

—¡Ni se te ocurra tocarme, Corben! —espetó Lois.

—Oh, mira, si se acuerda de mi nombre —replicó Corben con una sonrisa. El criminal la atrajo hacia sí y la besó con rudeza. Pero, inmediatamente, la soltó y se llevó los dedos a los labios.

—Yo… no he sentido ese beso —dijo Corben.

—¡Pues siente esto! —replicó Lois, propinando una fuerte bofetada a Corben en la mejilla. ¡PLAS! Lois se agarró la mano e hizo una mueca de dolor.

Mientras tanto, Superman había conseguido ponerse de pie. Rápidamente se introdujo en el coche de Lois y encendió el motor.

—Ni siquiera puedo sentir un beso —murmuró Corben—. ¿Qué me han hecho?

Aún confuso, Corben no se dio cuenta de que Superman había puesto el coche en movimiento y que se dirigía hacia él. El coche impactó contra Corben y lo hizo caer desde el paso elevado.

¡BAM! Corben aterrizó en un camión en movimiento, muy lejos de donde estaban Lois y Superman.

—¡Superman! —dijo Lois al tiempo que corría para ponerse junto a él—. ¿Qué le ha pasado a John Corben?

—Algo malo —contestó Superman—. Algo muy malo.

A las pocas horas, Corben irrumpió en el laboratorio de Luthor y encontró al científico que había llevado a cabo la operación.

—¡Tú! —gritó, golpeando el escritorio del científico—. ¡Sigo sin poder sentir nada! ¡Haz los ajustes que tengas que hacer!

—El único que puede hacer esos ajustes es usted, señor Corben —replicó el científico con nerviosismo—. Siempre notará esa ausencia de sensaciones, pero se terminará acostumbrando.

—¡Pero yo no quiero acostumbrarme! —gritó Corben, caminando hacia un espejo—. Todo esto es falso. Un fraude. Solo soy un esqueleto de metal revestido de humano, pero ya no soy humano.

Corben se arañó el rostro, arrancándose la mitad de su nueva piel de metallo.

—Esto es lo que soy ahora —dijo—. Soy una máquina. ¡Soy Metallo!

En la prisión Stryker, Lois y Clark estaban intentando localizar al doctor Vale, el médico de la prisión que conocía a Corben. Un médico más joven los recibió en la entrada.

—Lo siento —les dijo—. El doctor Vale ya no trabaja aquí.

—¡Qué sorpresa! —susurró Clark.

Lois ignoró el comentario de su compañero.

—¿Podríamos echar un vistazo a su despacho? —le preguntó al médico.

—Me temo que no —dijo—. Tengo órdenes de no dejar pasar a nadie. Ahora, si me disculpan, me está esperando un paciente.

Cuando el médico se alejó, Clark agarró a Lois por el brazo y la empezó a empujar hacia la oficina del doctor Vale. La puerta estaba cerrada, pero no se lo dijo a Lois. En cambio, Clark derritió el pomo con su visión calorífica.

Una vez dentro, Clark se dirigió a toda prisa al escritorio del doctor Vale. Abrió una caja de plástico marcada con un símbolo de peligro.

—Es una caja de seguridad —dijo Clark—. Se usa para guardar cuchillas, agujas y cualquier desecho biológico que pueda ser peligroso.

—Encantador —replicó Lois. Agarró una bolsa y empezó a rebuscar en su interior.

Mientras tanto, Clark intentó abrir la caja de seguridad. Entre las agujas usadas, entrevió un pequeño vial de cristal.

—Mmm… —murmuró para sí. Sacó el vial de la caja y se lo metió en el bolsillo.

—Mira esto —dijo Lois, tendiéndole un trozo de papel—. Un ticket de parking.

—¿Y? —preguntó Clark.

—Es de LexCorp —respondió Lois.

CAPÍTULO 5

UN NUEVO ENEMIGO

En los muelles del puerto de Metrópolis, Lex Luthor gozaba de una tarde soleada en la cubierta de su yate. Con una bebida a base de frutas en una mano y un canapé en la otra, estaba disfrutando de su fortuna.

—¿Cómo está el caviar? —dijo una voz entre las sombras—. ¿Se te hace agua en la boca?

—¿John? —dijo Luthor.

—Llámame Metallo —dijo Corben al tiempo que salía de entre las sombras. Tenía el aspecto de un esqueleto metálico andante.

—Espero que te guste mi nuevo look —añadió Corben—, porque será lo último que veas.

Luthor se incorporó.

—¿Algún problema, John? —dijo.

Corben agarró a Luthor por el cuello.

—Sí que hay un problema —replicó—. ¡No siento nada! ¡No saboreo ni huelo absolutamente nada!

—¿Piensas que te voy a dejar así? —replicó Luthor—. Este estado no es permanente.

—¡Mentiroso! —vociferó Corben al tiempo que dejaba caer a Luthor de vuelta en su silla—. Tu científico me ha dicho que no puede hacer nada para revertirlo...

—Ahora mismo no, Corben —admitió Luthor—, pero algún día podrá. Tengo laboratorios por todo el mundo tratando de solucionar este problema. Debes tener paciencia.

Corben no sabía qué pensar.

Luthor se incorporó.

—Baja conmigo —le ordenó—. Tengo un laboratorio no muy lejos de la costa donde podemos repararte la piel.

Poco después, el yate estaba surcando el mar en dirección a los laboratorios de Luthor.

—No te olvides, John —le recordó Luthor mientras dirigía el barco—: aún tienes que aniquilar a Superman.

—Ten paciencia —replicó Corben—. Los dos tenemos que aprender a ser pacientes, ¿no crees?

—Quizá no —replicó—. ¡Mira!

Corben se incorporó y alzó la mirada. Superman estaba sobrevolando el yate, pero empezaba a descender a toda prisa hacia ellos.

—Quédate aquí —le ordenó Luthor mientras se dirigía a la cubierta.

Superman aterrizó en la cubierta del yate justo cuando Luthor salía de la cabina de mandos.

—¿Dónde está Corben? —preguntó Superman.

—¿Quién? —replicó Luthor con una sonrisa.

—Sé todo lo que ha hecho el doctor Vale —replicó Superman—. Es solo cuestión de tiempo que la policía lo descubra.

—¿Y por qué estás tan seguro de que aún queda algo de él para que la policía lo descubra? —replicó Luthor.

Justo entonces, Corben apareció en la cubierta y se abalanzó sobre el Hombre de Acero, derribándolo a una cubierta inferior del barco.

—¡Corben! —dijo Superman al tiempo que intentaba incorporarse—. ¡Tienes que escucharme!

Corben abrió la trampilla del compartimento que tenía en el pecho, revelando la kryptonita que albergaba en su interior. Superman cayó al suelo.

—¡Corben! —Superman trató desesperadamente de captar su atención—. ¡Te están engañando!

El hombre de metal se preparó para abalanzarse de nuevo sobre el Hombre de Acero. Ambos fueron atravesando las sucesivas cubiertas del yate, hasta que cayeron a la sala de motores, en las profundidades de la nave.

—Yo no soy tu enemigo, Corben —dijo Superman con el poco aliento que le quedaba—. Tu enemigo es Luthor. Él te ha hecho esto.

Corben levantó a Superman por el cuello.

—Luthor me salvó del virus —dijo—. De lo contrario, ahora estaría muerto.

Superman rebuscó en su cinturón y sacó el vial que había encontrado en el despacho del doctor Vale.

—Aquí está tu virus —dijo—. El doctor Vale lo estaba poniendo en la comida que te daban en la prisión. ¿Cómo crees si no que podrías haberte contagiado de una enfermedad tan rara?

Corben agarró el vial.

—Pero ¿por qué? —preguntó.

—Luthor le ordenó que lo hiciera —replicó Superman—. Le estaba pagando muy bien.

Corben gritó. Se propulsó con toda su furia y dio un salto que lo mandó de vuelta a la cubierta. Acto seguido, se abalanzó sobre el aterrorizado Luthor.

—Superman está mintiendo —dijo Luthor—. ¿No te das cuenta? ¡Está intentando salvar su propio pellejo!

—Veamos si miente o no miente —dijo Corben—. Con esto —Metallo abrió el vial de cristal y trató de verter su contenido en la boca de Luthor—. Bebe esto, Lex —dijo.

Luthor trató con todas sus fuerzas de mantener la boca cerrada.

Mientras tanto, en la sala de motores, Superman iba recuperando poco a poco sus poderes. Miró a su alrededor, identificó unos cuantos tanques de combustible y enfocó su visión calorífica en ellos.

Los tanques se incendiaron y el yate voló por los aires, mandando a Corben y Luthor al mar.

—¡Socorro! —gritó Corben—. ¡Soy demasiado pesado! ¡No puedo flotar! —el hombre metálico se hundió rápidamente y llegó al fondo oceánico.

Luthor se agarró a un madero flotante. Superman tardó un segundo en avistarlo en el agua y llevarlo hasta la orilla de Metrópolis.

—Nunca conseguirás demostrar mi culpabilidad en este asunto —espetó Luthor—. El virus ha sido destruido, y Corben está en el fondo del mar. Y, aunque lo encontraras, tendrías que lidiar con el asunto de la kryptonita.

—Tú le has hecho esto, Lex, y él lo sabe —replicó Superman—. Así que creo que no soy yo el que debería preocuparse.

Dicho aquello, Superman se alejó volando, dejando que Luthor rumiara solo sobre la venganza de Corben.

Mientras tanto, en el fondo del mar, Metallo, que ya no necesitaba aire para respirar, caminaba por la arena. Lentamente, empezó a poner rumbo a Metrópolis... y hacia su nuevo enemigo, Lex Luthor.

DE LOS APUNTES DE CLARK KENT

¿QUIÉN ES METALLO?

John Corben, criminal curtido en numerosos crímenes, en el pasado fue uno de los empleados de Lex Luthor. Mientras estaba en prisión, Luthor infectó a Corben con un virus mortal para, a continuación, ofrecerle «salvarlo» si accedía a someterse a una intervención quirúrgica. Tras la operación, Corben se sintió increíblemente fuerte, pero no tardó en descubrir que su cerebro había sido trasplantado al cuerpo de un cíborg, lo que lo convertía en un mero envoltorio de su personalidad humana. Cuando se descubrió incapaz de sentir nada más que el frío tacto del metal, Corben dejó aflorar su naturaleza malvada y se convirtió en una amenaza para toda Metrópolis.

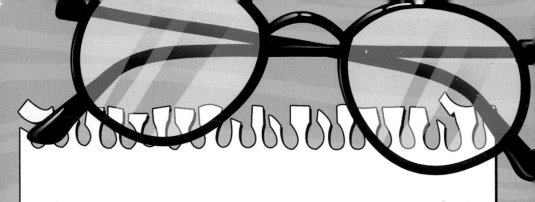

- El corazón de Metallo está compuesto de kryptonita pura, que es el combustible de su exoesqueleto. Sin el mineral alienígena, el cuerpo de ciborg de Corben carecería de todo tipo de fuerza.

- Cuando el hombre de metal se enfrenta al Hombre de Acero, saltan chispas. Metallo es capaz de aturdir a Superman con sus poderosos puñetazos de ciborg. Si abre su compartimento torácico, Metallo es capaz de exponer a Superman a la radiación fatal de la kryptonita.

- Corben no es más que un peón en el malvado plan de Luthor de crear un supervillano capaz de derrotar a Superman. Tras descubrir que había sido utilizado, Metallo juró destruir a Luthor por haberlo convertido en un monstruo metálico.

- Corben se ha habituado a su nuevo cuerpo metálico, y ha adquirido la capacidad de acoplar cualquier artilugio metálico que tenga a mano para que forme parte de su exoesqueleto.

BIOGRAFÍAS

Eric Stevens vive en St. Paul, Minnesota, donde ejerce como profesor de Literatura. Le gustan la pizza, los videojuegos, los programas de cocina, montar en bicicleta y comer fuera. Odia las aceitunas y tener que quitar la nieve de la entrada con la pala.

Shawn McManus lleva dibujando desde que aprendió a sostener el lápiz. Desde entonces, ha ilustrado cómics de personajes tan célebres como Sandman, Batman, el doctor Destino o Spiderman, entre otros. Shawn también ha trabajado en la industria cinematográfica, como animador digital y como diseñador de páginas web. Actualmente, vive y trabaja en Nueva Inglaterra.

Lee Loughridge lleva trabajando en el mundo del cómic más de 14 años. En la actualidad vive en California, en una tienda de campaña en la playa.

GLOSARIO

Camilla: cama estrecha y portátil para transportar enfermos o heridos.

Celador: vigilante.

Celda: cada uno de los compartimentos en los que se encierra a los presos en las cárceles.

Exoesqueleto: envoltura sólida que recubre las partes blandas de un cuerpo, por lo general, en los insectos.

Indestructible: muy resistente o que no puede ser dañado.

Inyección: acción de introducir un fluido en un cuerpo con ayuda de una jeringuilla.

Laboratorio: instalaciones especiales donde se llevan a cabo experimentos científicos y tecnológicos.

Retrovirus: virus que produce la diarrea.

Vial: frasco pequeño dedicado a contener un fluido inyectable.

Yate: embarcación pequeña de recreo.

¿QUÉ PIENSAS DE...?

1. Metallo está furioso porque Lex Luthor lo ha convertido en un monstruo. ¿Crees que eso justifica su comportamiento? Razona tu respuesta.

2. Al final de la historia, Metallo sigue vivo en el fondo del océano. Cuando llegue a la costa, ¿qué crees que hará? ¿Por qué?

3. La identidad secreta de Clark Kent es Superman. ¿Por qué crees que mantiene su personalidad oculta? ¿Se lo contarías a alguien si fueras un superhéroe?

¡USA TU IMAGINACIÓN!

1. Imagina que te hubieran transformado en un robot. ¿De qué material te gustaría estar hecho? ¿Qué superpoderes te gustaría tener?

2. Escribe tu propia historia sobre Superman y Metallo. ¿Cómo lo capturará Superman? ¡Decídelo tú!

3. Lex Luthor es un multimillonario que usa su fortuna para hacer el mal. Si tú fueras multimillonario, ¿en qué gastarías tu dinero?

TÍTULOS DE LA COLECCIÓN

SUPERMAN

BAJO EL SOLO ROJO	LA AMENAZA DE METALLO	EL MUSEO DE LOS MONSTRUOS	EL ÚLTIMO HIJO DE KRYPTON

¡TUS LIBROS CRECEN CONTIGO!

Leer es un placer que estimula el desarrollo de la inteligencia, mejora la capacidad de expresión y nos hace crecer al tiempo que aprendemos. Sin embargo, para disfrutar al máximo de la lectura, hay que elegir el nivel adecuado de dificultad para cada etapa del aprendizaje.

Para ayudar a los padres en la difícil tarea de escoger lecturas adecuadas para las capacidades de sus hijos, hemos dividido nuestros libros en cuatro niveles para que la elección de un libro sea siempre un acierto seguro.

 NIVEL 1 Lecturas de vocabulario elemental, tramas simples y desarrollo gramatical sencillo acompañadas de llamativas ilustraciones y pictogramas para empezar a familiarizarse con el mundo de las letras y la lectura. Ideales para el inicio en la lectoescritura asistida.

 NIVEL 2 La ilustración aún juega un papel importante en estas lecturas de vocabulario básico, mayor número de palabras, introducción a la oración simple y tramas sencillas que captarán la atención de los que ya empiezan a leer solos.

 NIVEL 3 La ilustración pierde protagonismo para cedérselo a lecturas de vocabulario más avanzado, mayor número de palabras y tramas complejas narradas con oraciones simples, aunque más elaboradas. Ideales para empezar a entrenar la compresión lectora y a prestar atención a lo que se lee. Incluyen glosario, actividades de comprensión y ejercicios de redacción.

 NIVEL 4 Lecturas con vocabulario complejo, estructura novelada, de 3.000 a 5.000 palabras, ideales para los que ya tienen las competencias lectoras afianzadas. Incluyen glosario de términos, actividades de comprensión y ejercicios de redacción para mejorar la expresión escrita.